무늬詩選 01

무늬詩選 01

정세용 시집
햇살을 내리지 마세요

제1판 인쇄 2019년 5월 13일
제1판 발행 2019년 5월 20일

지은이 정세용
펴낸이 윤이주

마케팅 ㈜작은숲
디자인 봉구네
인쇄제본 ㈜아이엠피

펴낸곳 도서출판 무늬
등록번호 제450-25100-2017-000021호
등록주소 32555 충남 공주시 교당길 21-13 (산성동)
전화 041-881-2595
홈페이지 cafe.daum.net/muneui
전자우편 muneui@hanmail.net

ⓒ 정세용

ISBN 978-89-969846-8-9   03810
값 9,000원

우리詩選

01

정세용 시집

햇살을 내리지 마세요

무늬

차례

여는 시

시인 ... 7

1부

그대 ... 10
거울 ... 11
길 ... 12
나비 ... 13
동행 ... 14
햇살을 내리지 마세요 ... 15
첫눈 내리는 날 ... 16
돌려줘 ... 17
종점 ... 18
입술 ... 19
로단테 ... 20
반성을 생각하다 ... 21
봄맞이 ... 23
세월 ... 24
주사 ... 25

2부

살수의 노래 ... 28
인간이어야 한다 ... 29
전쟁 ... 31
선사 ... 32

걱정인형 … 33
망국 … 34
분노 … 35
을 … 36
노출과 관음 … 37
이민자들 … 38
신문 … 39
단상 … 40
불을 끄다 … 41
새알이 딱딱한 이유 … 43
직선 그리고 달 … 44

3부

어느 여선생 이야기 … 48
연애편지 … 51
실업자 … 52
딸 … 53
여름과 겨울 … 54
무건리 … 55
앵무봉 … 56
공릉천 갈대밭 … 57
성철이에게 … 59
영철이 … 61
회상기 … 62
이력서 … 63
주름살 … 64
아마추어 … 66
설날 … 67
가을 … 68

이한빛 PD에게 ... 69

4부

빨간 장갑 ... 72
노동의 새벽은 없다 ... 73
박희철 ... 74
밥그릇 ... 75
배관 ... 76
생산 ... 77
소망 ... 78
너의 장미 ... 79
친구야 ... 80
김 목수 ... 81
눈물세 ... 82
만 원 ... 83
필리핀 ... 84
안개 ... 85
모닝콜 ... 86

맺는 시

혁명 ... 88

발문

'잃어버린 시'의 회귀(回歸)·소종민 ... 90

시인

한 사람 울타리 밖에서 불안하게 쳐다보다
문을 슬쩍 밀쳐본다 문이 닫힌다
빗장이 걸린다
사랑을 슬퍼하지 마라 먼저 떠난 애인이
유언을 남기었건만
내부에서 외부로 나오는 사람들은 모두 이방인이다
외부에서 내부로 들어가는 사람들은 모두 이방인이다

조심스럽게 자물쇠가 어금니를 깨문다
가벼운 손짓과 간혹 흥겨운 어깨
바람이 분다

녹에 쩌든 갈지자의 구멍이
갈지자의 사연을 읽는다
하늘이 낳아놓은 모음과 자음이
어미와 자식으로 어울리면
냄새나고 배고픈 사람 하나 주섬주섬
나뭇가지에 흑탄을 먹여
고대인이 긁어낸 생채기
잔기침에 밑줄 치며 필사한다

1부

그대

그대는 생명을 잉태하고 가꾸고
나는 그 형상을 노래한다
소리와
소리를 담아내는 그릇
경계가 붉다
태양이 적색의 열기를 버리고 볕으로 돌아오면
빛을 손바닥에 담아
두 손이 얇아
열 가닥 소망으로 그대를
경배한다

거울

손잡이가 파르르 떨렸다
떨림이 거울 속으로
주름져 들어온다
물새 갈퀴에 소름 돋우는
호수처럼, 거울에 비추인 것은
그대 얼굴이다
세상에 단 하나뿐인 거울에
당신이 살고 있다

길

풀이 마를 무렵
새가 날개를 펼친다
구름 아래 나지막이
남아있는 습기를 털어내며
두 다리로 하늘을 걷는다

날갯짓에 묻어
바람이 부르르
땅에 내려앉는다

풀이 마르기까지
어둡고 축축한 낙엽을
부숙(腐熟)한 저녁 숲을
천천히 밝힌 민달팽이
느리지만 정확한 더듬이가
바람을 어루만진다

바람을 알았다고 느끼는 순간
바람보다 먼저
바람의 끝, 부리가 낚아챈다

나비

천 길 낭떠러지에 걸린 외줄
건너편 줄의 끝이 흐려진다
안개를 건너간다
안개 속에 꽉 잡힌 오솔길
외발 수레가 허공에 기대어 간다
흔들린다
양팔 벌린 균형이 무너진다
그때서야 감탄사 한 마디
젖은 날개를 털고
날아오른다

동행

너의 발꿈치가 되는 것
발꿈치에 끌려가는 그림자로 남는 것
고개 숙인 너를 닮아가는 것
꾸벅꾸벅 졸고 있는
지팡이의 박자로 따라가는 것
실오라기 인연으로 위로하는 것
천천히 뒤돌아보며
너의 호흡에 스며드는 것

햇살을 내리지 마세요

햇살을 내리지 마세요
사막을 짊어진 어깨에 햇살을 내리지 마세요
그대의 잔인한 미소가 어깨에 닿는 순간
삼천 년을 묵혀온 바위가 모래가 되더군요
그물처럼 감싸오는 맑은 향기에
프로메테우스의 무릎에
칼날 고드름이 열립니다

사랑을 주지 마세요
천 개의 얼굴을 하고
단 삼 초만, 그저 찰나에
머물다 가지 마세요
삼천 년을 지켜갈 나의 사랑이
그대 사랑 앞에서는
뒷그림자로 어른거리기만 하니까요

첫눈 내리는 날

데리러 오지 마
기다리지도 마
첫눈 내리는 날
우리의 추억이 서린
카페에서 만나기로 한
약속도 잊어버려
추억도 세월 앞에서는
사랑도 세월 앞에서는
다른 얼굴을 하고 비껴가네
데리러 온다 해도 나는 그곳에 없어
당신이 기다리는 나는
이미 내가 아닌 걸
첫눈 내리는 날
당신 어깨에
솜털 같은 입김으로
피어나거든
그저 가벼운 손길로
툭
털어줘

돌려줘

우리 등 돌릴 때
뒷모습을 어루만지던 풀잎의 향내를

뒷그림자로 얼룩지는
눈물은 사랑이야
사랑도 아닌 이별이야
이별도 아닌 그 무엇도 아닌 너

네 곁에 머무는 동안 행복했어
유행가처럼 처연한 음조로
행복에 겨운 코가 실룩거리고
운동하지 못한 콧대가
촛농처럼 흘러내리면

코를 돌려줘
냄새를 돌려줘

종점

깜박 졸았다
종점까지 갔다
버스기사가 흔들어 깨운다
집으로 걸어 돌아가는 길
멀다
항상 종점 가까운 곳에 집을 얻어 사는 겨울
버스 운전사였던 아버지의 시영 버스
구로동에서 노량진 용산 서울역을 돈다
운전석 오른편에 봄볕 맞이하며 등을 데운
할아버지 산소처럼 따뜻한
카뷰레터 통에 걸터앉아
씩씩하게 아버지를 바라보았던 시절
그 기사는 할아버지가 되고
자식은 아버지의 나이를 훌쩍 넘어섰다
집으로 가는 길
포장마차는 없고
그 안에서 카바이트 등불을 켜고
개구리 뒷다리와 참새를 굽던 사람
술잔을 기울이던 사람들 없다
지나쳐 버린

입술

갓난 시절 엄마 젖꼭지를 사납게 물어대면서
내 입술이 물들여졌는지 몰랐으리라
살림살이 힘겨워 멀리 보낸 자식이
할머니 검붉은 가슴에 얼굴을 묻고
단잠을 꾸었을지 몰랐으리라
마른 장작처럼 갈라진 구로동 뒷골목에
다다라 밀어젖힌 출구가
방랑의 시작인지 몰랐으리라

잠자리와 먹거리를 찾아 나선 길에
차갑게 쏟아지는 햇살
도둑이라는 칼을 목에 걸고
어른이 내리꽂는 발길질이
세상인 줄 몰랐으리라
입에 가득 고인 비릿한 핏물이
당대(當代)인 줄 몰랐으리라

동정(童貞)을 털어준 애꾸눈 아가씨의
입술은 사랑이었으리라
솜털 같은 입술을 부비고 나서
인중에서 검은 못자리가 불끈 솟아났으리라

사랑과 정의라는 추상을 보듬고
이십 대의 입술은 타올랐으리라
오십 육십 칠십으로 갈라질
허리를 보듬고
입술이 향기를 찾는다
너, 너, 너의 가슴에
창백한 입술이 다가선다

로단테

수긍하는 사랑이에요
스무 살 막 지나
봄볕에 회양목 줄지어 설 때
두근두근 그이를 만났어요
온몸이 자근자근 짓밟히면서
바스락거리며 꽃을 피웠죠

화병에서 꼭뒤 잡혀 술 취한 주먹에
꽃잎 우수수 조각나고
부러진 가지에 맑은 피 흘러도
두렵지 않았어요
나의 시간이 아닌
그이의 시간에
나는 그곳에 없었으니까요
부재(不在)의 아름다움에 반해
영속이라는 꽃말을 버리고 개명했어요

네 살배기 두 눈에 든 꽃대
떨어진 꽃잎으로 덮어 주었지요

연한 콧등에 붉은 무늬 남겨주고
그이는 자신의 시간을 찾아 떠나갔어요

난 이제 마른하늘에도 뿌리내려
봄볕에 반짝이며 술 향내 피우지요
손길이 나를 어루만질 때마다
바스락거리지만 부서지지 않아요
살아있는 종이꽃 로단테이니까요

반성을 생각하다

오십이 가까워지는 내가
잘난 줄 알았다
세상사 오만가지 경험 다 하고
잘 나가기보다는 낮은 곳에서
살고 있는 줄 알았다

가진 사람의 덕목이 관용이라면
없는 이가 가져야 할
반성이라는 덕목이 나에게 있는 줄 알았다

세상사 모든 것, 유일신 앞에 내려놓거나
돌고 도는 윤회의 틀에서 자유로운 줄 알았다
허무를 이야기할 때 진지한 듯하면서
한편으로 콧방귀 뀌면서
초월한 듯 놀아났다

한발 두발 꾸준한 발걸음을 내딛는 사람이
목표에 도달하여 가쁜 숨을 내쉴 때
"다른 길도 있는데 힘들게 왔구나."
땀 닦아주며 미소짓던 내가
여유를 가진 사람인 줄 알았다

사람살이란
쓸쓸함을 견뎌내는 것인 줄 알았다
먼저 살다간 어른이 단단하게
다져놓은 길에 내리는
이슬비에 젖어 보는 것
그 길을 걸어 수많은 발자국을 따라가다
하나의 발자국에 뿌리박고
이슬비에 온몸이 젖어가는 것

이제는 가벼운 빗방울 되어
반성을 모르는 나에게
혹은 너에게
헐거워진 너와 나의 등에
어깨동무로 가고 싶다
너의 발밑에 끈적하게 묻어나는
비에 젖은 황토이고 싶다

봄맞이

떠난 줄 알았는데 약속하지도 않았던 봄이
노크도 없이 내 가슴을 밀어젖힌다
사계절이 아릿했던 시절과
계절이 없었던 침묵 속에서도
꿋꿋하게 나를 지키며 살아왔다고 자부했는데
내가 얼마나 나약한 사람인지
가슴앓이로 겪어내야만 했다

시간이 생채기를 씻어낸 것이 아니라
상처가 상처를 치유했던 시간들
하나에 올인하는 단점은
여지없이 풍비박산이 나 버렸다
타인과 더불어 삶을 다시 추슬러 보자는
욕망은 이미 오답이다
내가 바로 서지 않았는데
어느 누가 나와 함께 할까?

품 안의 자식처럼, 나를 알고
나를 위해 희생하는 사람들만이
따스한 입김으로 나를 녹여왔는데
봄볕이 후두둑 어깨에 떨어지고
뒤돌아보는 고개를
훈훈한 바람이
너의 길을 가라 밀어준다

나의 길은 없다
먼저 간 이의 발자취를 따라갈 뿐
정세용이라는 허상은
너의 어루만짐으로 제모습을 찾아가는데
네가 없는 봄 하늘이
이렇게 따스해도 될까

세월

나이 드는 것이 뭐 대수인가
허공의 긴 침묵 함뿍 담아온 별똥별 받아
말없이 품에 안아
타닥타닥 불사르는 태양의 고요

먼 이웃으로 눈인사만 하다가
밤잎 솔잎 감잎 참잎 불쏘시개 하나로 어우러져
소록소록 정을 나누는 부지깽이

태양이 부지깽이의 정점에서 빛나는 것이라면
관솔가지와 섞여 땔감처럼 익어가는
세월이라는 부지깽이는 태양보다 조금 먼저
빛을 떠나보내는 것

마지막 불티가 한 올 티끌이 되어
어둠별로 날아가 태양의 한 모서리에서
깜박이다 사라지면

마지막 불티 한 올
길모퉁이 돌아서며 반쯤 가려진
그대 어깨에 살며시 기대어
귓볼 간지르고 바람에 실려
바람이 되고 티끌이 되니

나이든 태양에게서 신음소리 들린다
바람에게도 손이 있어 꼬옥 쥐어볼 수 있다고
그렇게 한 번쯤

친구여,

주사

　내 관상을 본 여자와 팔짱을 끼고 들어갑니다 세 명의 도인을 만났습니다 정확히 묘사하자면 네 명 내지 네 명 반의 도인이 술자리에 어울렸습니다 기수련원을 운영하는 원장 그 옆에 앉은 수련제자 두 명 한 사내는 임꺽정인데 타로점을 친 여자의 애인입니다 다른 사내는 임꺽정의 그림자 행세를 하듯 과묵합니다 두 사내와 점 보는 여자 그리고 나 이들과 한몸이어도 좋습니다 반쪽 그림자로 남아도 좋습니다 아무튼 네 명 내지 네 명 반의 도인이 술을 마십니다 원장 도인은 기자 출신답게 기자 출신인 나와 외모도 비슷합니다 빙그레 웃음 흘리는 것도 닮았습니다 수제자는 나보다 다섯 살 많은 사형입니다 마누라를 이십여 명째 갈아치우고 조강지처가 최고라고 충고하는 사형은 지금 베트남 여성과 살림하고 있습니다 나를 총각으로 알고 있는 여인과 농탕하는 임꺽정은 나보다 한 살 많습니다 그가 악수하며 트고 지내자 하는데 원장 도인이 막아서며 서열을 정리합니다 아무래도 좋습니다 맏사형이 포장해 온 알래스카 연어가 입안에서 키스처럼 맴돌기에 아무 상관 없습니다 술 이기는 장사없지요

　네 명 내지 네 명 반의 도인이 수갑이 채워지지 않은 유언비어, 인생살이의 언저리를 난도질합니다 수련원에 술병의 숲이 드리워집니다 딸꾹, 죄송합니다 제 버릇은 지금 한 말과 행동은 다 기억하는데 내일이면 모른다는 것 뿐입니다 기억을 잃고 싶지 않네요 내일 아침에 딸꾹, 아니 뒤 시간 후쯤 딸꾹, 해장하면서 한잔 더 걸치자구요 아이구 죄송합니다요 먼저 자겠습니다 딸꾹,

2부

살수의 노래

영화에선 선한 아군이 승리하고
드라마는 연인의 사랑을 완성하지만
저녁마다 찢긴 포장지로 흩어진다
쿨럭거리며 일어나
애국가를 4절까지 부르며 일한다
퇴근 무렵 흥부에 얹은 오른손 국기를 가슴에 새기고
국가는 감추어둔 왼손을 의심한다
어떤 자식은 아버지의 업을 잊고
어떤 자식은 아버지의 업을 잇는다
아름다운 프랑스와 혁명하는 딴나라는 여기에 없다
침묵이 투쟁이 되고 투쟁이 침묵이 되는 이곳
유일한 위안은 힘없는 너에게 기대어보기
물기 머금어 긴 그림자로 쓰러지며
눈물이 죄가 되는 날에는
애국가 5절을 불러야 한다

인간이어야 한다

하루하루 나아지고 있다.
참고 견뎌야 한다.
세계경제가 어렵고 자원도 부족하고
강대국 사이에서 이만큼 하는 것도
다행스럽다.
맞는 말이다.
하지만 틀린 말이다.
이 말은 지도층이나 엘리트
정치 경제 문화 예술 분야 관료들이나
그 자리에 빌붙어 먹는 사람들 입에서 나오면
틀린 말이다.

마이너리티의 순결한 개념이 타락한 이유가
메이저의 농간과 마이너리티의 한계에서 나왔다고도 한다.
마이너리티의 한계라니?
개념은 메이저나 주류를 표방하는 얼치기 인텔리겐차가
만들어놓은 가상의 기준일 뿐이다.

마이너리티는 한계 바깥에 있고
한계와 무관하며 초월적인 환상적인 집단이다.

소수 메이저가 자기 밥벌이와 권력의 틀에 울타리를 치고
간판을 걸고 경계를 세우며
편가르기 싸움을 걸고 있다.

울타리는 그들만의 리그이다.
메이저리그와 마이너리그라는 공간을 만들지만
착각하지 마라 마이너리그에 마이너가 흡수될 것이라고.

짐승이면서 인간인 역사를 세워야 하는 시점에 와 있다.

짐승이 짐승을 억압하던 시대에는
죽이고 죽임을 당하면서 갑과 을이 자리를 갈아타고
와신상담을 했지만
짐승과 인간의 싸움이 된 인류역사의 이 시점에는
갑과 을 중에 누가 인간이고 누가 짐승이든 상관없이
끝장을 보아야 하는 — 지구와 자연을 파괴하면서까지 —
상황에 처해 있다.
억압계급에 대한 피억압계급의 저항의 역사(변혁과 혁명)가 실패하
면 어떻게 할 것인가?
실패의 가능성을 염두에 두지 않는 것이 진보의 덕목인가?
하루 벌어 하루 사는 인생은 인간으로서 의미가 없는 하루살이 인
생인가?

나는 짐승이면서 인간인 그대에게 제안한다.
짐승의 역사가 만들어놓은 문자와 경험과 학문과 과학의 겉옷을 벗
어버려라.
소수의 갑이 다수의 을을 억압하는 미래는
SF 예술에 이미 예견되어 있다.
소수의 갑에 저항하거나 민중인 다수의 갑이
소수의 을을 훈화하고 인류의 역사에 적응시키는 덕목은
진보의 몫이다.
진보는 머무르는 순간 보수화하는 것.

계란으로 바위를 치는 것이 아니다.
바위는 악어의 피부처럼 단단해 보일 뿐
바위의 속살은 짐승과 인간의 피로 출렁거린다.
몇 마리 악어는 단단한 계란의 타격에
얇은 피부가 찢기고 피를 쏟아낼 것이다.
짐승인지 인간인지 결단해야 할
갈림길에서
우리는 인간이어야 한다.

전쟁

신이 떠나고 저주만 남은 땅에서
신을 찾는다
생민을 뒤켠에 둔 채
무작정 따르라는 정치
두 손 모은다
파도는 침몰시키고
침몰은 파도를 만든다
생민의 피를 머금은 손을 생민의 눈물로 닦는다
피와 눈물을 먹고 자라는 새싹이
태생을 잊고 권력의 옷을 입으면
홑꺼풀 실오라기가 갑주가 되면 전쟁이 온다
남북이 장벽을 쌓고 이웃끼리 빗장을 채운다
분주하게 가족을 지킨다
준비된 병사들
오지선다형, 객관적 주관식 논술에 정통한 주치의가 군의관이다
나의 목숨은 그대의 것
나의 사상도 그대의 것
나의 반역도 그대의 것
섬광과 뜨거움 혼란 속에서 새 세상이 열린다
비겁한 자는 도망가고
용감한 사람만 남아
멸망한 땅에서 시들어 갈지니

선사

어린 벗이 마른 젖 대신
시체 새끼손가락 두둑 꺾어
엄마가 입에 넣어주던
한끼 식사가 생각난다 했었어요
마른하늘에
내가 탄 배가 뒤집어지고
집게발을 드세운 외계병정들이
하얗게 부풀어 오른
내 허벅지살을 뜯어먹는데
엄마 아빠는 무거운 등을 보여요
어깨 부러지는 뼈
두둑 끼워 맞추며
청록 땅 너머로 망각의 눈물을 감춥니다
여기는 조선이 아니고
미국, 유럽도 아닌데
왜 나는 부풀어 갈라지는
살갗을 가져야 하나요
뻘물에 일렁이는 파도 너머로
아침 해가 떠요
발가스름한 석양도 보여요
엄마 여기가 어디에요

걱정 인형

1.
아프리카는 죽기 전에 얼마나 배가 고팠을까
파리들이 눈꼽을 핥아 먹을 때
눈동자에 별이라도 스쳐 지나갔을까
아이를 옴켜 안은 엄마가
아이와 더불어 상품이 되는 시간
한국처럼 이름 없이 먼 땅은 멀어라
유럽이니 미국이니 선진국 깃발은
모래바람에 달구어진 신기루이어라
당신의 한 끼 식사가
아이 여럿을 살린다는 구호단체들
그대들의 임금을 줄여라
건물을 작게 하고
사무실을 없애라

2.
아이들이
얼마나 숨이 막혔을까
짧은 생을 담아 흐르던 눈물
바닷물이 집어삼킬 때
가족사진 찍던 때 스쳐 지나갔을까
재난의 기억이 지겹다는
사람들은 멀어라
재난만 있을 뿐 기억이 없는 땅은
세상에 없어라

3.
채널을 돌려
먹방 육아방 헬스방 예능방에 눈길을 고정하며
걱정 인형이 활짝 웃는다

망국

　해가 뜨지 않는 나라 어둠에 기꺼이 어깨 기대며 그림자로 사라지는 사람들 검은 동굴에 빛나는 가구 주술을 거는 방마다 반짝이는 눈동자 이웃을 경계하는 모성애 아이들은 무럭무럭 자라 파고다극장에서 시인처럼 죽어가고 죽은 영혼만 기억하는 나라 살아남은 자는 사라지는 그림자로 남고 죽은 자는 죽지 못한 이들을 애도하며 해가 지는 나라 햇살이 혀끝에 스며들면 검은 송곳니로 혈흔조차 남기지 않고 장막에 쓸어넣는 사람들 국경 너머 환희를 바라보던 눈동자 속에서 경계가 허물어진다 나라가 함정이 되고 함정이 사랑이 되고 사랑이 어둠이 되는 땅 어둠에 잘린 청춘의 어깨를 흡혈하는 부모들 어둠이 걷히면 더 어두워지는 나라

분노

냄새가 난다
새벽안개 촉촉한 길에 대변을 싸놓았다
아침이 되어 안개 걷히니
멈추지 않는 포식이 붉은 엉덩이를 흔들고 있다
코를 막으며 외면하지만
혹자는 사랑이라는 이름으로 밑을 닦아주고
더러는 치워준다
똥으로 가득 찬 세상에 갇히면 항문이 보이지 않는다
점심 반찬에 똥파리 악착같이 덤벼도
손사래로 밀어낼 뿐 냄새를
추적하는 발걸음은 똥을 밟으며
항문의 프레임에 갇힌다
분노는
역겨움 너머에 있는 틈새에
대못 송송 박힌 각목을
한번쯤 밀어 넣어 보는 것

을

열정페이 희망고문 피로사회 을의 입장
어감으로도 고급스럽다
에이 씨발, 좆같아서, 못살겠네
이런 말은 저급스럽다
헬조선을 바꾸려는 노력은 불법이 된다
전에는 산속으로 들어가 도를 닦거나 산적이 될 수 있었고
폭력으로 혁명을 하거나
광장에서 삶의 터전에서 함성을 지를 수 있었다
말이 흐르고 몸짓이 춤사위로 피어나기도 했었다
저들은 민중에게 을이라는 갑옷을 입혔다
성실하고 근면하고 법을 지키며 살라 한다
갑이 을에게 갑옷을 건네줄 때는
을의 방어를 쉽게 찢어 낼 수 있을 때만 그랬다
을이 온몸으로 벼려낸 칼을
갑에게 겨누어도 무력화시킨다
칼날 제조기술을 독점하며 움직인다, 갑은
을은 없다, 갑의 생존과 먹거리만 있을 뿐
다양한 먹거리가
을이라는 포장을 뒤집어쓰고
갑의 세계에서 유통이 될 뿐
갑이 주저앉힌 을은
갑을 부정하고 뿌리를 뽑아야
을이 규정하는 을로 거듭날 수 있다
나는 을인가,

노출과 관음

감추어져 있다가 드러나는 것이 아니다
우주가 뻥! 생겼다가
뻥! 사라질 그 날까지
노출은 관음에 기대고
관음은 노출에 의지한다
보여주기는
볼 수 있다는 욕망을 통제하는 수단이 되고
엿보기는
보지 말아야 할 통제와 억압을 넘어서는 도전이 된다
본다, 보기, 시각, 관점,
동공과 후두엽, 측두엽에 맺히는 사물과 기억은
나뭇잎을 갉아먹다 떨어지는 송충이가 된다
은밀하게 찾아나선 공원의 후미진 벤치 위에서
놀라 서로 밀치며 송충이를 털어내는 연인이나
눈치없이 떨어져 보여버린 송충이
둘 다 문제인가,
진짜 문제는 연인이 화들짝 놀라
애정이 30% 정도 감소하거나
뜨겁고 딱딱한 시멘트에 떨어진 송충이의 고통이다
3년을 기획하고 3개월 촬영하고 30초가 안 되는 영화의 한 컷
그 한 컷이 3개월 3년을 망각한다는 것이다
사상과 생명과 여성을 기억하는 다툼이
이제서야 문을 연다

이민자들

한국이라는 외국에 사는 한국 사람들
만주에서 등짐을 지며
일제를 멀리하거나 가까이 했을 할아버지
이민 1세대로 살다 가셨고
할머니는 잘 먹고 잘살아보자는 구호 아래
백세 장수를 누리셨다
이민 3세대인 내가 이 정도로 살면
괜찮지 않은가
의사가 미국에 가서 접시를 닦지 않아도 되는 곳
아파트를 두 채씩 소유하는 따뜻한 남녘
자식들이 이민국을 버리고
새로운 정착지를 찾아
비행기 삯을 벌기 위해 알바를 할 수 있는
자유가 숨쉬는 땅
광복절이 건국절이 되기 전에
할아버지는 일본인이었을까
항일무장투쟁을 벌이며
붉은 사상을 가슴에 새기며
얼어 죽어가던 전사들
중국인, 소련인이었을까
머슴 살던 총각
조센징 순사가 되어 마님 딸을 겁탈할 때
그는 일본인이었을까
혁신사상과 민족주의 사이에서 흔들리면서
일제와 싸우며 북으로 가지 않고 남아
이승만과 서북청년단에게 등을 찔릴 때
그들은 어느 나라 사람이었을까
한국인, 조선 사람이 낯선 땅에서
서로 총을 겨누고 있다 용병이 되어

신문

새벽 신문은 속이 쓰리다
변기에 앉아 일을 보는데
엉덩이에 스미는 한기보다
시리게 파고드는 활자의 사연들과
여백에 하얗게 쌓인 음모에
살이 돋는다

묻어나는 잉크
공연히 기자만 인쇄공 검은 손만
의심이 들지만
쓰린 속 다독거리며
구겨 구겨서 밑을 닦는다

단상
― 고급동물

　고양이는 기껏해야 어미나 새끼라는 접두사를 붙여줄 뿐인데 개는 다르다 강아지라고 발음만 해도 입꼬리가 부드러워진다 심지어 개새끼라는 의미를 달아주기도 했다 사람은 여자만 하더라도 호칭이 수만 가지도 넘을 것이다

　계집아이 딸 엄마 어머니 여동생 누이 아내 부인 며느리 시어머니 올케 시누 할머니 외할머니 친할머니 이모할머니 할매 뒷집 할망구 첫사랑 네 번 째 애인 여사장 여성국회의원 레즈비언

　사람들은 이름과 흔적을 지키려 나무를 베고 물을 가두고 산을 깎아내고 하늘을 검게 물들인다 고급동물일수록 호칭이 많다 그냥 '나'라는 동물이 홀가분하지 않겠는가

불을 끄다

구부러진 등짝과 푸근한 침대가 결합하지 못하고
땀구멍으로 송알송알 진액이 밀려 나왔다
어수선한 머리결을 두 손으로 쓸어넘기며
앉은 자세로 일어나게 만든 것은
늦게까지 마신 술 탓도, 그 자리에서 어우러진
질척한 인생살이 이야기 탓이 아니다

천정에서 부릅뜨고 나를 노려보는 삼파장 형광등
장미라는 이름을 가진 그것의 스위치를 내리자
창밖에서 어른거리는 불빛
불면은 내면이 아니라 외면에서 비롯되는 것
중얼거리며 전봇대에 올라가 손가락이 익지 않을
재빠른 솜씨로 수은등의 목을 비틀었다

내가 사는 동네에는 가로등이 4만8천 개가 있었다
곰팡이가 살짝 피어난 슈퍼맨 망토를 꺼내어 입고
48초만에 가로등을 모조리 잠재웠다

반짝이는 것과 번뜩이는 것의 아름다움도
그늘과 녹슬음의 대결에서 빛나는 것이거늘
쩝 하고 입맛을 다시고 돌아서는데
어디선가 빛이 찰랑거렸다

이런, 구름과 어둠이 찬연한 하늘에
48조만 개의 별빛이 나를 조롱거리고 있었다
슈퍼맨 망토의 깃을 세우고
48년만에 하나의 별을 움켜쥐었다
차갑지도 뜨겁지도
아니 차가움과 뜨거움을 삼켜버린 그 별은

하나의 스위치를 간직한 채
나를 기다리고 있었다
올리면 똑 내리면 딱
올리고 내리면 똑딱
올리면 켜지고 꺼지고
내리면 켜지고 꺼지고

그 별은 나를 기다리면서
그렇게 똑딱거리고 있었다

새알이 딱딱한 이유

살결을 벗긴다
손톱 끝으로 어루만진다
검회색 유두에서 구멍을 연 단추가 쏟아져 내린다

단추의 구멍 사이로
유리창 밖 비둘기가 소란스런 날개를 접고
죽은 비둘기의 깃털–속살을
묵념한다

친숙한 묵념일수록
죽은 비둘기의 뼛조각이 찬란하다
아름다움은 세월이 흘리고 간 이야기를 주워 담는 것

부지런한 부리에 물린 뼈들의 사연이
사랑이 되고 속살이 되어
생면부지의 생명을 감싸는 순간

새알의 피부가 진화한다
두드릴수록 반항하는

직선 그리고 달

직선은
바빠야 먹고 사는 사람들에게 속도를 제공한다
가끔
팔방향 교차로에서 길을 잃게 하지만
평면과 직선이 화음하는 드럼 비트에
까닥까닥 헤드뱅잉 끼워놓고
와인 한 잔 바르면
발바닥에 고인 물도 굳은살이 된다

직선들이 무수한 진동으로
투명하던 빛을 잿빛으로 물들인다
샤프란 향 아득히 버무린 사각침대에
두 개의 선이 합쳐지며 각의 평온에 흡수된다

사각의 태양이 하루 일을 마치고
발갛게 익어내려 지평선에 잘리면
아홉 개의 동전으로 남은 달이
짜그락거리며 제 몫을 한다

아홉 개의 달은
여든한 개로 제 몸을 조각내어
찌르고 찔린
상처에 상처를 덧댄
직선의 신음에 나비로 내려앉는다

달의 음영(陰影)은 자랑스럽지 않다
마름모 마당에서 평행선과 반원의 동거를 허락하고
태양이 윤곽의 잔치를 벌이는 동안
싸리문 속에서 싸리꽃이었다가,
빈 잔 속 남은 술이었다가,

운동을 멈추고 너부러진
직선과 곡선을 갈무리하는

푸르게 서린 기미, 노란 동화에
스며들듯 돋아나는 청록(靑綠)

3부

어느 여선생 이야기

번화한 서울 길목
서울대 수준으로 높아져 버린 서울교대로 졸업하고
첫 발령지에 다다랐더니
어여쁜 저한테 무심하게
교장샘이 6학년을 맡겼어요

발령받고 4개월 만에 귀여운 아이들 느끼고 같이 놀아볼
여유도 없이
경주로 2박 3일 수학여행 갔어요
강남에서 쌩쌩하게 잘 나가는 학부모도 아닌데
자기 자식은 특별하니까
특기 적성대회가 있으니까
담임샘이 기차역까지 자기 아들 모시고
미국유학 보내듯이 승무원한테
도착지까지 설명해달라고 곱게 부탁했어요
— 사랑스런 자식은 그 순간에 화물이 되어 버렸어요
열 번에서 한두 번 뺀 숫자만큼
전화해서 부탁하더라구요

전 눈치도 없고 초년차라
아이를 사랑하고파
학부모가 거시기해서
경주역까지 — 든든한 교관이 있음에도 불구하고
책임감에 KTX에 올라

학부모가 사랑하는
엄마가 사랑하는
교사로서 책임감을 느끼는,
초년차 아이 얼굴만 보아도 힘이 솟는 아이를
자리에 앉히는 순간 기차가 떠났어요

경주에서 대구
대구에서 울산
울산에서 다시 대구
울산에서 목적지 경주로
— 이 시간이 하루랍니다

하지만 저는 초년차라
지갑은 숙소에 놓고 온 선생이라
철도공무원한테 설명하니
미인은 아니지만 어여쁜 선생이라
무사히 자정 무렵에
사랑하는 아이들 곁으로 돌아왔어요

사랑하고픈 아이도 떠나고
존중하고픈 학부모도 떠나고
한 마리 양을 찾아 떠났더니 아흔아홉 마리 양도
초년차 교사라 챙기지도 못하고
저는 준왕따가 되어버린 설움에

오색찬란한 경주에서
속으로 눈물을 삼켰어요
한 마리 양을 어설프게 보낸
양치기의 아쉬움과
아흔아홉 마리를 챙기지 못한 미안한 마음을
첨성대 차곡차곡 쌓아올린 정성이
지긋한 눈짓으로 내려다보길래
두 눈 훔쳐내고 엉덩이를 털고 일어났어요

지구한테는 미안한 말이지만
일본 대지진에 지구축이 살짝 흔들렸다고 하는데

우리나라에는 지진 말고
타인을 흔들지 말고

자기만 흔들렸으면 좋겠어요
그것이 아이들을 위해서
사랑하는 자식을 위해서
학부모가 해야 할 도리라고 생각해서

사회 초년생이
서울에서 대구
대구에서 뻬이징 뉴욕 베를린 북극까지
부탁하고 싶은 말씀입니다

연애편지

　　한 줄로는 부족하니 두 줄 채우라고 두 줄은 과하니 한 줄 줄이라고 애꿎게 볼펜 뒤통수만 딸깍딸깍, 아내 옷섶에 불쑥 손 넣었다가 이혼한 후배 얼굴이 만져져 화들짝, 설익은 잠 익히지 못하고 책상머리 탁상등 딸깍, 마른 침 꼴깍, 허락도 없이 창가에 보름이 둥실, 쫓아 버리려 창문을 연다 생식기가 잘린 채 들판에 머리 박고 수장된 추수 빙판에 돋아난 선인장 가시가 두런두런 여름을 회상한다 노랗게 염색된 푸른 담배연기가 닿자 써래질로 반질해진 수렁 속에서 매끈한 몸매를 지녔던 연록의 봄이 쩌엉쩌엉 울어제낀다 울음 한켠에는 죽지 못한 독수리가 보름을 삼키며 겨드랑이가 아닌 쭉지에 자랑스러웠던 날개의 머리칼을 물어뜯고 있다 꼴깍, 숨이 넘어가지 않는다 입 안에 침이 가득 고인다 퉤! 하고 뱉을 수 없다 지키려 애쓰는 사랑은 이미 사랑이 아니라고 누가 말했지만 마른 입술에 생수처럼 고인 사랑은 견고하다 번뜩이는 갑옷 속에서 속살이 유영한다 부드럽지만은 않은 혀가 핥으면 달이 지워진다 창문이 닫히고 딸깍, 볼펜이 꺼진다

실업자

십여 년 전에
두 아이 엄마가 된 아내
출근하면서 젖 말리는 약을 먹었다
그 후로 나는
그녀의 풍만한 가슴을 잃어버렸다

어제는
회식자리에서 과음을 하고
난생처음 집 문턱에서 온몸을 내려놓은 아내
치매 노인 모시듯 욕탕에 담아
토사물이며 담배 냄새를 씻어 내렸다

고즈넉하게 살이 붙은 몸
젖꼭지에서 풍기는
갈매빛 청포도 향

결혼기념일은 그렇게 흘러가고
인생실업 마흔네 번째 한복판에서

딸

이십 년이 지난 선풍기가
고개 숙이고 너덜너덜
집 한 칸 가지지 못하고
오래된 살림을 품고 살아온
부부가 머무는 컨테이너 박스

아이는 때로
각을 세운 집 모양으로 깍듯하다

비닐로 만든 겹창을 찢고
온기 근처에 스며드는 틈새 바람처럼
자취와 기숙사 생활을 벗고
대학교정 봄볕에 젖어든다

피씨방 알바를 하다 눈이 맞아
십 오세 연상 사장과 결혼하던 날
행복한 도둑이니 그만큼 잘하라는
주례사에 얼굴 붉어진
딸을 닮은 사위
낡은 부부처럼 살지 않겠다고
고개를 가로 저으며
선풍기가 푸드덕거린다
은비늘 번뜩이며
강을 거슬러 오른다

여름과 겨울

보일러가 천천히 돌아가는 겨울밤
밤나무 잎과 잔솔가지를 아궁이에 밀어 넣다가
발등에 까맣게 타버린 소나무 씨앗 하나 새겨넣던
시절이 입김 호호 불어보는 동화로 스쳐 지나간다
겨우내 힘겨웠던 등짐을 부스스 털어내며
아버지처럼 낡은 메시지가 부고를 보내고
나는 느린 보일러처럼
부조 봉투를 건네지 못한다
군대 연병장에 열과 오를 맞춘 대오
어깨에서 빛나는 별 두 개의 사단장
차마 대열을 떠나지 못하고
사병은 청록 군복 바지에 오줌을 지린다
사타구니에 축축하게 흘러내리는 비릿한 눈발
한여름에 꽁꽁 얼어버린 20대 청년의 막사
앞마당에 눈은 내리고
뒤켠에서 젖은 빨래를 널며
작은곰자리에 얹혀 있는
북극성 하나쯤 이등병 어깨를 토닥거린다

무건리

식사는 식탁에서 학습은 학교에서
연애는 연정과 그리움 사이에서
경제는 대박과 쪽박의 아찔한 줄타기에서
훈련은 사람 사는 곳 너희들의 자랑
도심 한복판에서

이곳 무건리는
물푸레나무가 다스리는 땅
대포의 목적을 낭비하지 말 것
남근처럼 달아오른 포신은
사람을 향할 것
죽여야 산다는 함성을 겨냥할 것

물푸레나무 그늘은 백로 안식처
백오십 년 동안 늘어뜨린 가지마다
노란 손수건 내다 걸고
캐터필러에 잘려나간 땅을 치유하느니
패잔의 진흙 털고 돌아가라 도심으로
빌딩 숲 헤치며 진격하라 엄호하라
명중 뒤에 따라오는 포성과 포연

붉은 노을로 장식해 주마
아름다워 보이거든
물푸레 그늘로 기억해 다오

앵무봉

장흥에서 건너온 재넘이 바람이
망태버섯 치맛자락 기웃하는
꽃등에 등에 이슬 한 방울 살짝 털어주고
산뽕나무에 숨벙숨벙
자줏빛 곰보 얼굴
빙그르 돌아올라
송골매 꼬리깃털 움찔 추어주고
소령원 숲속으로 줄달음친다

봉화대 지나
깔딱깔딱 깔딱고개
기대어 올라
앵무봉에 서면
아래 꾀꼬리봉에 납작하게 엎드린
레이더, 대공포대는 잡음이다
고령산 중턱마루
소담하게 기울어가는
도솔암 불경소리도 군소리다

공릉천 갈대밭

공릉천

한북정맥 챌봉에서
사랑 잃은 처자가 떨어뜨린 눈물 한 방울
송추 일영 유원지 지나며
불콰하게 술 오른 조약돌 농지거리에
얼굴 붉히며 여울져 간다

벽제 화장터
인연을 놓지 못하고 유체이탈한 영혼이
한 줄기 실선으로 피어오르며
서러운 은사시나무 손아귀에 머물다 간다

고양시와 파주시 양어깨 틈 허전해
콘크리트로 붙여놓은 장곡 검문소
북녘 바람과 남쪽 들판이 어색하게 수인사한다
조리읍 지나 금촌으로 자전거 타고 가는 길
빽빽한 도로를 거느린 아파트 창문이
거미 눈알처럼 어지럽게 돌아간다

한강이 되어 임진강 도반(道伴) 삼아
서해 포말로 여정(旅情) 나누는 공릉천
침묵의 입자만큼 섬세한 사연들 내려놓는다

갈대밭

오두말 연다매 너부러진 갈대밭
사사롭지 않은 인연들이
켜켜이 회갈색 뻘로 겹쳐있다

무장공비방책선을 밀다가 지쳐
듬성듬성 낙오한 공릉천
아물지 않는 상처에
머리칼 풀어 어루만지고
두툼한 연고를 발라준다

갈대마다 하나씩 이야기 엮어
홀씨에 날려보낸다

한바미에 가서 밤꽃 아래 피고
연다매 솔부추밭에 잡초로 피고
통일동산 베란다 화분 속에서
돌 지난 아이 눈에 별꽃으로 피고

철책선을 배경으로
백발구름 겨냥한 총구
초병의 위장철모 주름에 실뿌리 내려
애인의 미니홈피에 한 가닥
연정으로 피고

성철이에게

대학 신입생이던 내가
고등학교 이 학년인 너에게
귀국 일주일 남겨두고
월맹군 기관총에 피 흘린
유복자를 둔 네 아버지에게
용병으로 끌려가 당했다고 했을 때
성철아, 너는 닭똥 같은 눈물을 쏟았지

네가 대학에 입학하고
신촌 뒷거리 주점에서
안기부에서 일하라는 거 거절했다며
하지만 아버지는 개죽음이 아니라
용병이 아니라 참전용사이고
떳떳한 죽음을 맞이한 거라고
기울인 술잔만큼이나 되새기고

고등학교 이 학년 아들을 둔 나에게
월남전을 곱씹을 시절이 지난 나에게
이라크에서 소령 달고 돌아온 사촌동생과
어릴 적 대숲바람 한 움큼 담아
악수만 나누고
할머니 초상을 치르고 온 나에게
아들이 묻는다
아빠, 왜 국군이 이라크에 가 있는 거지?

성철아!
그때 나는 누군가에게 기대야 할 어깨가 필요했다
벼룩의 간처럼 속 좁은 놈이었다
하지만 아직도 우리는
필요한 사람에게만 어깨를 내어주고

적당한 만큼 가슴 열어두고 있음을

다시는 내 아들과 딸에게
그들의 자식들에게
어깨를 빌리고 싶지 않다

영철이

후배를 보냈다
심장이 약해 학창시절 데모하면서
최루가스에 자주 기절해서 업혀 다니던
어렸을 때 20중반까지 살면 오래 사는 것이라고 진단받았던
몸이 약하고 오래 살지 못할 것을 알면서도
사랑하는 여자를 만나 결혼하고 아이가 둘이 있는
담배는 즐겨하지 않았지만 술은 꽤 마셨다
건강을 생각하면 살얼음판 걷듯 몸 관리를 해야 하지만
— 살아있는 동안 그냥 남들처럼 살다 가면 되지 않겠냐
생각하고 생각한 대로 살았다.

밤 11시경 친한 친구와 마주 앉아
술잔을 앞에 두고 쓰러진 후 3일 만에 갔다
원하던 대로 시간 질질 끌지 않고 중환자실에서 3일 있다가 깨끗하게 갔다
어머님도 아내도 자식도 담담하고 평화롭게 보였다
— 다시는 못 올 머나먼 길
혼자 갔고 친구들은
보고 싶어도 볼 수 없는 미지의 땅에 남겨졌다

회상기

실안개 신음하는 새벽길에
젊은 발걸음 우수수
모여서 경비초소 지붕을 타고
담장 철망에 주먹 긁히며
민정당 연수원으로 쏟아진다
사람을 갈라놓았던 담장 너머로
한 줄기 빛 되어 흘러 들어간다

유치장에 들기 전
옷벗어, 뒤로돌아, 허리숙여, 양손으로엉덩이잡고, 똥구멍벌려,
벌리면서
내 온몸을 벌리면서
열려있다는 이 나라
다시 열어젖히면서

이력서

고등학교시절해마다가출한문제아 혈서도제대로쓰지못했던신학대
학총학생회장 노태우때삶의경계를넘어버린가락동중앙정치연수원철
가시담장 을지로인쇄골목에서마감에쫓기던이단사이비종교연구소기
자 진보단체활동가겸기자 사과처럼싱싱했던애플컴퓨터영업사원 설형
기에손가락잘릴뻔한철공소 지금은힐튼호텔이우뚝선남산양동자원봉
사자 오야지친구에게구박받으며따라다닌외장목수데모도 내장목수데
모도 찌라시간신히찍어내며망해가던기획사 인천공항핸드폰로밍서비
스영업사원 퇴직교사인양속인학습지판매사원 한달만에세번사고내고
때려친오토바이퀵서비스기사 아줌마손님유혹거절해서미안한대리운
전기사 태조왕건에서구렛나루붙이고장똘배기엑스트라 식당에서갈비
숯불피우며주차대행 이력의중간중간진로소주애음한백수 농사도아닌
것이경영도아닌것이장미농원10년만에다들어먹고초등학교교사인아내
등긁어먹는시인 아이는무관심할수록잘큰다는아빠 사람앞에술잔앞에
손떨리는술꾼 노다지찾아죽을고비몇번넘긴필리핀광산사업 태풍에비
닐하우스찌그러져시작하다말고접은양계장 진짜로교육이중요하다고
느낀서울교육감선거운동원 동학농민전쟁고창에서선금받아뽑아일당
으로갚고남은중고트럭이전재산

주어진 업무에 최선을 다하기도 안하기도
태업은 오염된 공기 탓
전화나 인터넷 혹은 행성간 플라즈마 통신수단을 이용하지 않지만
서로 잘 알고 지낸다
우주는 애초에 하나이기에 행성간의 거리는 찰나
어쩌면 우주는 오아시스로 가장한 허상
오아시스 그늘을 한 조각씩 갉아먹으며 팽창하는
나는 우주의 이력서

주름살

백오 세가 되어 돌아가신 할머니
돌아가시는 날까지, 내 어머니인
며느리를 시집온 날부터
시집살이시킨 시어머니
국민학교에 입학하기 전까지
할머니 젖을 주무른 나에게
오래도록 달궈진 밭이랑처럼
파인 주름 할머니 주름이
부드럽게 다가온다

서울살이가 힘겨워
전라도 임실군 오수면 사월리에
둘째 아들을 어머니에게 맡긴 부부가
팔순을 바라보실 때
오십을 앞둔 나에게
한 말씀 하셨다
— 세용아, 내가 자식을 키운다고 노력했는데
   너에게 미안하구나
   다행스럽게도 너는 자식을 나보다 잘 키우는구나

나이 들어 주름이 깊어지는 이유는
땅에 오랫동안 신세진 탓
새싹이 햇살 아래 파르르 고개를 쳐들다가
햇살이 따갑고 고맙고
땅이 더디고 고맙고

함부로 징검징검 내딛었던
땅에
겸손해 하면서

이마에 손에 발목에
주름살이 새록새록 돋아나고
검버섯이 얼룩덜룩
해와 달과 땅을
내 몸에 문신을 새길 때

나는 이제야 나이가 든다
주름살의 웃음이 보인다

아마추어

기억이라고 해봤자
할아버지가 만들어준 대나무 뿌리 병정활
지금은 임실치즈로 예능 TV에 소개되는 땅
교과서에 실려 개울이 흐르던
자는 동안 불이 났는데 개가 주인을 살렸더라
짐승이 사람을 살렸더라
사람 아닌 무언가가 사람을 살리더라, 전라북도 오수

서울살이를 찾아나선 아버지는
아들 셋 중 제일 만만한 둘째를 경계하며
아직까지 속 끓이신다
고개 돌려 부모를 볼 때
얼굴 한 번 대하지 못한
10여 조상 할아버지가 문을 두드린다
80년대를 머뭇거리다
못 볼 것 보고 나서
분통이 터져 살게 된 운동권
거룩한 땅 South Korea는 껍데기를 벗기는 마을
희망이 절망으로 추락한 North Korea는
껍데기 벗기는 형제가 싫어 떠난다면서 각을 뜨는 마을
Korea 이외의 주민은 팔짱 끼고 관찰한다
남한과 북조선을 경계하면서 나는 천상 아마추어다
너는 겨드랑이에 팔짱을 끼고
온화한 미소를 보낸다 프로답게

오수 개울녘에 살던 나는
젖은 물에 털 냄새 비린내 물기에 젖어
타는 풀 산불 냄새에 머문다
모태 아마추어로구나

설날

경기 파주에 죽음을 모시러 길이 밀린다
통일로 자유로 제2자유로
용미리 통일동산 이북녘 양지바른 산자락
배고픈 이북은 위성을 쏘고
배부른 이남은 미사일을 경계한다
남의 집 마당을 열고 안방으로
사드가 밀고 들어온다
고택 마님은 죽은 아버지의 흔적을 찾아
곳간 빗장을 연다
최후의 재개발 파주 운정
설날 이른 세배를 마친
귀성을 잃은 가족이 호프집에 모였다
아이들 푸른 머리 냄새
비정규직 생리 비린내
신호위반으로 바쁜 배달 오토바이
겨울 끝자락 부풀어 오른
닭 살코기를 얼구는
냉장고 콤프레셔가 설에 탄다

가을
— 故이한빛 PD를 추모하며

나를 사랑했을까
나를 사랑하게 되었을까
계절은 옷을 갈아입지만
너는 계절에 맞추어 옷을 갈아입게 되었을까

전태일이 뜨거운 몸으로 청계를 내달리기 전
차디찬 유증을 온몸에 적시기 전
가을 하늘에 문뜩
가족의 얼굴이 떠오르기 전

그 무엇인가를 하게 만든
그 무엇인가를 하게 된
숨소리의 깊이를 느끼며
심장에 모이는 피톨들의 쭈뼛거림을 한 알 한 알 기억하며

무엇인가를 해야 하는 피동의 시대는
그것을 실천해야 하는 의무로 빚을 갚는 법
사랑하는 이조차,
사랑해야 하는 대상이면
결행할 수밖에 없다

내 뜨거운 불꽃이
너에게 한 점 자유를 줄 수 있다면

이한빛 PD에게

부모는 늙어가고
(살아계신 황송한 시절에)
나는 부모처럼 늙지 못해
가을녘 낙엽만 우짖는다
눈물의 색깔은 갈색이다

청춘 혹은 혁명의 색깔과 아우성은
한기에 서글피 맞이했을 붉은 신음이었으리라
자식을 먼저 보낸 시절이 서글퍼라
곡기를 끊은 시절이 수천 년 전이건만
자식과 젊은이가 한기에 떨다 몸을 움츠린다
내 탓이오, 내 탓이오,
온몸을 쥐어뜯다가
맑은 햇살을 본다

눈물이 가득한 세상은
너에게 없다
나를 잃고 자식이 떠난 지상에
눈물이 무슨 소용이랴

4부

빨간 장갑

외벽 리모델링 비계 위에서
한나절 넘기지 못한 채
굳은살 손바닥에 닳아 구멍 나
3층 아래 버려져 사흘
땀 냄새 주위를 두어 시간 노닐다
산모기 마른 침바늘 거두어 가고
쥐며느리 맴때르
몸을 말아 괭이잠 지새다 가고

떠돌이 말티즈가
돼지족발 정강이뼈 옆에
물어와 이틀
새벽잠 지우고 일어나
파지로 밥을 짓는 애옥살이 할매
무심결로 골목에 던진 다음 사흘
동글동글 하얀 썬크림 아가씨
반짝이는 자전거 살에 휘감고 돌아
새로 포장한 아스팔트 검부러기와
어울려 닷새

트럭이 밟고 가고
고양이가 딛고 가고
먼지가 머물다 가고

분홍 립스틱을 바른 다섯 개의
젖은 입술로 누워
바람비 그쳐간 하늘과
입맞춤 나눈다

노동의 새벽은 없다

하청 재하청 재재하청
회장 내지는 대표
혹은 사장 때로는 오야지가 바쁘다
법은 강화되어 안전을 지켜야 하고
그 덕에 노동자들이 아침체조를 한다
투덜대는 몇 사람 빼고
구령에 맞추어 관절과 근육을 조율한다
노동이 정렬을 마치고
먼지와 땀으로 삐그덕 거리면
사장들은 영업 전투를 벌인다
그네들끼리의 마진 협상에
노동강도가 달라진다
어리숙한 오야지는
정확하게 말하자면 먹고살려는 오야지는
경쟁자보다 낮은 가격으로 공사를 따내고
현장에 두꺼운 먼지가 쌓인다
커미션과 담합은 사업이 되고
노동자는 노동이 된다
새벽 쓰린 가슴으로 찬 소주를 붓던 기억은
노래에나 있다 시에나 있다
새벽에는 잠자고 있어야 한다
노동자로 살아가려면

박희철

네 살 적 인천 십정동에
눈먼 채 버려져
맹아학교에서 글자 깨우치고
인생살이엔 진실만큼이나
거짓도 필요하다고
넘어지면서
넘어지는 요령도 배우고

강남 리버사이드 호텔 사우나 안마실
사내의 기름져 거북한 뱃살을
나긋나긋 풀어준 박 씨
앵벌이해서 번 돈 퍽치기에 털려
다리 삐고 코피 흘린 친구와 소주 병나발
50줄에 연탄가스로 처자 모두 잃고
소경된 최 씨보다는
먼저 눈멀어 익숙한
우리가 훨씬 행복하다고
어둔 데서는 정안자(正眼者)보다
더 잘 볼 수 있다고
어깨 두드려 친구 보낸 박 씨

한 손에는 아내 속옷 한 벌
한 손에는 하얀 지팡이
또박또박 어둠을 가르며

밥그릇

구들장을 이고 자던 시절
아랫목은 복숭아뼈에 물집을 만들고
윗목 대접에 담긴 물이 얼던 밤
어머니는
바깥에서 전투를 치르고 온 지아비를 위해
아랫목에 밥그릇을 묻었다
자식들도 눈치는 있었다
남편의 밥이면서 아버지의 밥
터부의 밥그릇은 온기를 가장에게만 내주었다
겨울의 질서는 안전했고
봄이라는 전령을 기다리는 시절이 있었다
눈칫밥이
초가 아래 그을린 천장을 벗어버린 때부터
아버지의 전투는 일상이 되고
자식들은 아버지를 따라
광대뼈에 개머리판을 비비며
밥 한그릇을 겨냥한다

배관

지하주차장 천장 위에 일사불란하게 얽힌 배관
급수 교체라인을 찾아내어 절단하고 바꾼다
엉뚱한 배관을 잘랐다가는 뉴스에 나온다

역마살은 천정에서 아우성치는 배관을 닮았다
목적지를 향한 배관들이 ㄱ자로 ㄷ자로
때로는 콘크리트 속으로 휘돌아가면서 제 갈 길을 간다

배관 속에는 물이 흐르고
때로는 벌건 녹물이 흐르고 흐르지만
어느 가족의 주방에 화장실에 쏴 하고 함성을 지르는 물줄기
내 발길도 급수라인을 따라왔다
옆 라인의 급수배관과 어깨동무하면서
배달되기 위해 흘러왔다

마지막까지 남은 내 물방울이
증기가 되어 하늘로 올라가
빗줄기로
눈물로
다시
세상으로 돌아올 수 있다면
너에게 촉촉한 이슬로
다가갈 수 있다면

생산

보통사람은 일한 만큼 벌고
멍청한 사람은 제 몫을 빼앗긴다
안타까운 사람은 분노에 몸과 마음이 상하고
게으르고 현명한 사람은 일하지 않는다
움직이며 먹고 산다
악인은 이런 과정을 조정하고 법을 만들고
때로는 앞에서 뒤에서 사람도 죽인다
타인의 움직임을 주시한 다음
돈과 권력이 되는 지점에 날선 칼을 꽂는다

보통사람은 뙤약볕에 땀을 흘리고
멍청한 사람은 그늘에서도 땀을 흘린다
안타까운 사람은 노동과 분배에 땀을 흘리고
게으르고 현명한 사람은 생산하지 않는다
악인은 타인의 땀방울로 옷을 지어 입고 건물도 올린다
타인의 생산이 그의 생산이다
이방인은 햇살이 싫어 타인을 살해하지만
보통사람 멍청한 사람 안타까운 사람 게으르고 현명한 사람은 차라
리 자살을 한다
악인은 햇살이 없어도 그늘이 없어도
엄마는 물론 아빠도 그리고 부모의 자식도 죽인다

노동이 팔짱을 끼고 내려다본다

소망

만들어 낸다

출근해서 직장 생활을 만들고
퇴근 후 술자리를 만들고
바람 같은 이야기 끝에
한숨을 다스려 위안을 만든다

철커덩, 새벽 두 시 철대문 여는 소리를 만들고
아내 눈가에 그늘을 만들고
창가에 스며드는 별빛을 만든다

만들다 만들다가 마지막엔
노동과 슬픔으로 만든 관 속에 누워
나를 기억하는 눈물을 만들고
썩어서 지렁이와 들쥐의 행복을 만들 것인가

모래알보다 작은 그대 가슴에
까칠한 내 얼굴 섞어
누군가의 발자국 하나 새겨두고 싶은

너의 장미

보고 만지고 찔리면서 보내는 하루
푸르름 가득 번진 장미 농원이
만 원짜리 지폐처럼 빛나는 아침
꽃을 거두는, 돈을 수확하기 바쁜
가시가 부드러워진 손바닥
가시 끝이 박혀 부러져
남자의 일부가 되는 동안
뿌리 안아주던 땅도 단단해졌다

장미 먹는 남자여
따로 일구었던 마음 한구석 텃밭에는
피다만 떡잎이 노랗게 시드는데
네 손은 먼저
굳은 땅에 연한 호미질 하는구나

친구야

망치와 톱을 잡은 지
이십 년이 다 되는구나

난지도가 내려다보이는
상암동 삼십이층 아파트 공사현장
육중한 철빔 어린 시절 함께 놀던
개망초 구절초 동자개 물방개를
짓눌러 화석으로 만든다

불혹을 훌쩍 넘긴 안경에
근시와 노안이 겹치고
천정과 벽에서 흩날리는 석면가루가
땀에 섞여 시야를 괴롭힌다

중국교포가 들어오면서부터
일당이 오르지 않는다고 속 끓이며
새참에 몰래 마신 깡소주가 문제였다

오십 평형에서 천장 작업을 하다가
엄지손톱 뿌리에 제대로 망치질을 했다
청테이프로 엄지를 동여매고
전기톱에 각목을 자르다가
다른 손가락도 함께 넣었다

일하던 목수들이 부축해 응급실로 가고
부르르 떨고 있는
친구의 검지 중지 약지를 수습하는데
아파트가 흔들렸다

김 목수

천장을 뜯는다 몰아치는 먼지 반백이 되어 반쯤 벗겨진 김 목수 머리에 스며든다 자기 키만 한 쇠장도리를 천장 틈에 끼워 젖힌다 힘이 아니라 요령이여, 쿨럭, 좀 떨어져 있어, 발밑에 못, 쿨럭, 조심혀라, 안전모 안전화 보안경이 거추장스럽다고 맨몸으로 건물의 껍데기를 벗긴다 맨땅 위에 뼈를 세우고 살집을 붙인다 못은 단단하게 박아야 하되 철거하는 사람이 수월하도록 못대가리는 튀어나와 있어야 한다

태양이 옆 건물 발꿈치께로 기울면 오늘 작업은 여기까지 삼겹살과 소주 한 잔이 저기에서 기다린다 구호단체에 매달 이만 원 자동이체 걸어놓은 김 목수는 매일 이만 원 이상 술을 마셨다 세 달 전에 위를 통째로 들어내는 암 수술을 받았다 그래도 마신다 대신에 딱 한 잔, 나머지 소주잔은 동료들의 얼굴을 더욱 붉게 물들인다

김 목수 따라 보조로 한참을 다녔지만 안전장구를 걸치고 굴속에서 허우적거릴 뿐 나는 아직 천장을 뜯지 못했다

눈물세

붉은 색인 줄 몰랐어
동사무소 직원이 담담하게 건네주는 호적 초본에
무단횡단 금지 흡연금지
두 가닥 사선이 선명하게

호적이 그런 줄 몰랐어
폭력 전과 3범
선을 넘는 순간 붉은 선인지 몰랐어
운동권 친구가 그러더군
피는 적색이 아니라 녹색이라고
공기를 만나 세상을 만나 산화하는 것이라고

너의 눈물이 등골 서늘하던 눈빛이
불온하게 보였었어
내 그림자처럼
앙칼지게 물어뜯던 기억이 싫었어

그냥 살다 간다는 것이
이렇게 힘든 줄 몰랐어
나는 너이고 싶었는데
너의 옷을 입고 싶었는데
피는 물보다 진하고
눈물은 마냥 흐르는데
누군가 옆구리를 찔러 울지 말라고

함부로 울지 말라고
반복하면 세금을 먹이겠다고
얼마를 어떻게 지불해야 하는 거야
너의 죽음이
나에게는 왜 하찮게
눈물로 흘러내릴 뿐인 거지

만 원

모텔은 오만 원
여자 부르면 십이만 원
아직까지 남아있는
청주 뒷골목 마산 여인숙은 이만 원
달방은 삼십만 원

압구정동 해마다 잡혀가는
십이층짜리 비즈니스 룸은
오백만 원 아니 싱거워서
이천만 원은 해야지

수유리 그믐달로 기우는
오십대 청춘이
기어코 술 취한 운동화 끌고
과일 행상으로 무거워진
일톤 트럭 운전대를 잡고
화물로 웅크린 잠자리는 공짜
찜질방에 누울 만 원이 아까워서

필리핀

니켈과 돌덩이를 구분하던 스파이럴
나선형으로 돌면서 원석을 분쇄하던
직선의 운동이 우렁차다

원주민 다섯 살배기가
아빠를 따라
절벽을 기어오르며
여린 등짝에 상처를 새긴다

상처가 아물면서
원주민 움막이
바나나로 엮은 지붕채 대신에
슬레이트로 바뀌었다
마을 곳곳, 슬레이트가 파랗게 빨갛게
등짝을 장식하면서
열대성 우림이
자줏빛 광석 덩어리로 파헤쳐지고

태풍이 스파이럴을 넘어뜨린 날 저녁
빨갛고 파란 생들이
불평등한 계약서 찢어버리듯
흩어졌다

안개

필리핀에서 6개월 일하고 돌아와
3개월 쉬고
트럭 기사로 일한 지 3개월 넘어가는 오늘

안개를 보았다
포천 원바위 고개, 투바위 고개에서
피어난 안개는 한 폭의 동양화
번잡스런 길과 아파트, 공장에 포위당한 논바닥
공장폐수와 생활하수에서
흘러나온 실개천에서
피어오르는 안개
사람 사이에서
피어나지 않았다면 더 아름다웠겠지
안개는 안개 그대로의 멋인 걸

겨울이, 눈송이 송이 하나 하나
알갱이가 작별을 고하며
뽀얀 인사를 하며
피어오르는 오늘 안개는

안개처럼 살고픈 오늘

모닝콜

나를 부르셨나요
첫사랑이 나이 드는 가을 들녘
여유 있게 아침 여섯 시 다섯 시 반
바쁘게 네 시 네 시 반 다섯 시
어제의 망치질이 멍하게 남은 새벽

첫사랑처럼 애절하게 연장을 챙기고
가족처럼 다정하게
망치 손잡이를 쥐고
타인의 건축물에 일당의 못을 박아냅니다
아시나요, 망치와 못의 경쟁
콘크리트와 먼지와 지시와 부상과 죽음에서
당신의 아파트와 사무실이 빛나는 것을

건축 노동자의 땀 속에 아름답게 피어난 아파트 한 송이
삼 년 만에 세 배
일억 오천이 오억이 되는 도깨비방망이
삐걱거리는 관절과
소화불량 위궤양 안개 같은 먼지
건전하면서 고통스러운 노동이 당신의 계산적인
욕망의 먹이인 것을

이것만 알아주세요
전망 좋고 교통 좋으면서 집값 땅값 오르게 된 곳에는
사람과 노동이 더 죽거나 더 다치거나 임금을 제대로 받지 못했다
는 것을
그러니 부디 제발, 근사하거나 어렵게 마련한 공간을 지켜주세요

한 달 두 달 이삼 년 지나며
단지 내 지역 내 현상수배처럼 나부끼는 부동산 시세가 아들딸 깨

우는 부모의 심정으로
　　네 시 네 시 반, 차마 두어 시간 눈 붙이고
　　벼락처럼 일어난 새벽인 것을

혁명

펜과 마음의 거리가 멀다 앉아서 컴퓨터 자판을 두드리던 습관이
누워 태블릿을 스치는 손버릇으로 바뀌었을 뿐 10여 년 전 선물로 받은
몽블랑 만년필의 잉크가 말랐다 마르다 못해 잉크를 흘려보내던 펜촉
사이에 무심한 세월만 엉겨 붙어 기능을 상실한 펜 시심은 혁명을 핑계
로 각박해지고 혁명은 시에서 조롱거리가 되었다 오른손 새끼손가락을
부여잡은 손바닥 측면이 딱딱해질 때다 엄지와 검지, 중지 끝에 누렇게
굳은살이 박혀야 한다 펜과 백지를 상봉시키는 것이 혁명이다 지금, 나
에게는

'잃어버린 시'의 회귀(回歸)
— 시집 『햇살을 내리지 마세요』 발간을 축하하며

소종민
문학평론가

우리의 아름다운 시절

여기, 오래 묵혀왔던 시들을 꺼내 볕을 쬐어 거스러기를 털어내고 알갱이들을 고루 정갈하게 모아 가지런히 묶은 시집이 있다. 정세용 시인의 첫 시집 『햇살을 내리지 마세요』다. 형과 인연을 맺은 지도 어언 20년이 훌쩍 넘었다. 형을 처음 만난 곳은 낙원동에 있었던 민예총 문예아카데미였다. 1994년이었다. 형은 문예아카데미 창작교실 수강생이었고, 나는 문예아카데미 총무였다. 형은 시창작교실 초급반, 중급반을 모두 수료하였다. 초급반은 도종환 시인이, 중급반은 신경림 시인과 정희성 시인이 맡아주셨다. 가끔 초빙되어 오는 강사들도 내로라하는 시인들이었다. 문예아카데미 창작교실은 이미 성황리에 열리던 작가회의의 '민족문학교실'이나 한길사의 '한길문학학교'를 본 따 만든 것이었다. 이 세 곳의 창작교실은 서로 협력 또는 경쟁관계에 있었다.

그 즈음해서 형과 나, 창작교실 수강생과 운영진 그리고 담임 선생님과 강사들은 인사동과 안국동, 낙원동과 종로3가 일대를 매주 헤집고 다녔다. 저녁 7시에 시작하는 공식 수업시간이 밤 9시나 10시 정도에 끝나면, 곧바로 뒤풀이가 이어졌기 때문이었다. 창작교실 정원은 30명이었고, 당시 수준으로 보면 꽤 고액이었는데도 빈자리 없이 수강생으로 꽉 찼다. 1987년 민주화 투쟁의 뜨거운 열기가 채 식지 않았던 때였던 만큼 어디든 사람이 많았던 시절이었다.

뒤풀이 시간은 또 다른 방식의 수업시간일 수밖에 없었다. 각자의 취미와 개인사, 선호하는 노래와 자신이 속했던 투쟁조직의 성격 등등 수강생 간에, 또 선생님들과 수강생 간에 끊임없이 술잔을 기울이며 대화를 이어나갔다. 술자리에서 못다 한 이야기는 노래방에까지 끌고 들어가기 일쑤였다. 울고 웃고 토하고 등 두드리고 탑골공원 담장을 넘고 파고다극장 주변을 맴돌았다. 생각건대, 그때 그 자리는 '낙원'이었다. 그중에 형과 내가 있었다. 형은 신학대 총학생회장 출신이었다. 굉장히 권위 있는 자리에 있었던 형이었지만, 형은 전혀 권위적이지 않았다. 형은 호기심 많고 정겹고 따뜻하고 튀지 않는 사람이었다. 놀라웠던 점은 형은 이미 기혼자였다는 사실이었다. 우리는 대체로 20대 중반에서 30대 중반이었고, 대다수 미혼이었다.

굴곡과 주름의 이력

창작교실을 수료하고 나서 형은 후속 모임인 '새-시' 동인에 함께했다. 나도 '새-시' 모임에 나가곤 했다. 형이 어떤 시를 쓰는지, 어떤 평가를 받았는지는 세세히 잘 기억나지는 않는다. 서로 자주 만나는 게 우선 좋았고 서로의 살림을 챙기는 공동체 또는 형제 관계 같은 것이었기 때문에 등단이나 더 높은 시적 성취와 같은 목적은 개인적 노력의 몫이었다. 삶이 시보다 앞서 있었다고나 할까. 새-시 동인은 선영이 누나, 세용이 형, 주홍이 형, 수석 씨, 성공회 신부가 된 만호, 동화작가가 된 숙현이, 캐나다 갔다는데 소식이 끊긴 지은이, 소설 쓰는 이주 씨 외에도 여럿이 함께 하였다. 동인지도 두 차례 묶었고, 신경림·정희성·도종환 시인이 초대시를 보내주시기도 했다. 서로 자주 얼굴을 보지 못하고 있지만 지금까지도 연(緣)을 이어가고 있다.

형이 파주에서 장미농장을 할 때 동인들과 함께 형의 농장에 가보았다. 꽤 큰 규모였다. 형은 국내 최초로 장미 사업 관련 월간지도 발간하고 있었다. 사업의 끝은 좋지 않았다. 부도를 크게 맞아 형은 큰 빚을 떠안았다. 최근에서야 형은 자유로워졌다. 그 사이 20년 동안 형은 많이 힘들었다. 그렇지만 형은 일의 종류를 가리지 않고 늘 일했다. 아래 「이력서」는 그대로 형의 것이다.

고등학교시절해마다가출한문제아 혈서도제대로쓰지못했던
신학대학총학생회장 노태우때삶의경계를넘어버린가락동중앙정

치연수원철가시담장 을지로인쇄골목에서마감에쫓기던이단사이
비종교연구소기자 진보단체활동가겸기자 사과처럼싱싱했던애
플컴퓨터영업사원 설형기에손가락잘릴뻔한철공소 지금은힐튼
호텔이우뚝선남산양동자원봉사자 오야지친구에게구박받으며따
라다닌외장목수데모도 내장목수데모도 찌라시간신히찍어내며
망해가던기획사 인천공항핸드폰로밍서비스영업사원 퇴직교사
인양속인학습지판매사원 한달만에세번사고내고때려친오토바이
퀵서비스기사 아줌마손님유혹거절해서미안한대리운전기사 태
조왕건에서구렛나루붙이고장똘배기엑스트라 식당에서갈비숯불
피우며주차대행 이력의중간중간진로소주애음한백수 농사도아
닌것이경영도아닌것이장미농원10년만에다들어먹고초등학교교
사인아내등긁어먹는시인 아이는무관심할수록잘큰다는아빠 사
람앞에술잔앞에손떨리는술꾼 노다지찾아죽을고비몇번넘긴필리
핀광산사업 태풍에비닐하우스찌그러져시작하다말고접은양계장
진짜로교육이중요하다고느낀서울교육감선거운동원 동학농민전
쟁고창에서선금받아뽑아일당으로갚고남은중고트럭이전재산

    주어진 업무에 최선을 다하기도 안 하기도
    태업은 오염된 공기 탓
    전화나 인터넷 혹은 행성 간 플라즈마 통신수단을 이용하지
않지만
    서로 잘 알고 지낸다
    우주는 애초에 하나이기에 행성 간의 거리는 찰나
    어쩌면 우주는 오아시스로 가장한 허상
    오아시스 그늘을 한 조각씩 갉아먹으며 팽창하는
    나는 우주의 이력서

                                     「이력서」 전문)

    형이 한 일의 가짓수에 놀라 '형은 소설을 써야 한다'고 자주 말했
지만, 형은 늘 싱긋 웃으며 넘어갔다. 1년을 넘기기 전에 형이 다른 일
을 하게 된 경우가 다반사였다. 자진해서 그만둔 일도 있지만, 해고 당
한 경우가 더 많았다. 가끔 분노에 차 있는 형의 모습을 본 적은 있었지
만 형이 비탄에 빠져 있던 기억은 없다. 자신의 이력을 '우주의 이력'이
라고 할 만큼 형은 낙천적이다. 게다가 형의 곁엔 늘 '시'가 있었다. 모
진 세월을 겪어오면서 형은 '시'를 잊거나 잃지 않았다. 이 시집은 다사

다난하고 굴곡진 형의 이력 그대로다. 바다를 건너게 된 사연, 삶의 느낌과 생각, 고인이 된 그리운 벗, 사랑하는 가족, 대한민국이라는 국가·사회의 명암, 노동의 나날들, 살았고 또 떠난 지명(地名)들이 가득하다. 마침내 첫 시집을 갖게 된 형은 어떤 기분일까. 어떤 생각을 하고 있을까.

시적 헌신의 징표들

시간 순서로 보아서 형이 초기에 쓴 시들은 이 시집의 3부에 모여 있지만, 그중 몇 편은 최근에 쓴 시다. 4부는 형이 노동 일을 하면서 느낀 감정들과 생각들이 담긴 시들이다. 형의 노동 시편이라고 할 만하다. 형의 이념과 철학이 담긴 시들은 주로 2부에 집중되어 있고, 인생 자체에 관한 시 그리고 좀 더 예술적이거나 추상적인 주제를 갖는 시는 1부에 있다. 문예아카데미 시절을 형이 본격적으로 시를 쓰기 시작한 때라고 본다면, 형은 25년째 시를 쓰고 있는 셈이다. 그래서 이 64편의 시들은 각각 시간 편차가 꽤 있어서 관심 주제와 표현 방식의 차이도 있다. 재밌는 건 현재 형이 여러 경향의 시들을 고루 완성도 있게 쓸 수 있다는 점이다. 초기에는 리얼리즘 경향의 시들을 주로 써온 데 비해, 현재의 형은 모더니즘 경향을 넘어 초현실주의 풍의 시까지 쓰고 있다. 표현 대상에 따라, 또 의도에 따라 다른 경향의 시를 쓸 수 있기는 쉽지 않다. 그것으로 시 쓰기에 들인, 형의 노력과 의지가 얼마나 큰 것인지, 우리는 알 수 있다.

스타일이 다른 두서너 명의 시인이 함께 엮은 공동시집으로 여겨도 좋을 만한 이 시집은 그만큼 커다란 시적 헌신의 징표이다. 나는 어떤 일관성을 느낀다. 이 시집은 더 좋은 표현을 찾기 위한 다양한 모색 그리고 진화(進化)의 문학적 증거다. 형은 이미 10대 후반에 친구와 2인 시집을 만든 적이 있다. 형은 그 시집을 잃어버렸다고 했다. 어떤 시들이었을까 궁금하다. 잃어버린 시는 기억도 먼 시이고, 가물가물하고 그 형체의 윤곽이나 빛깔, 냄새로 남은 시, 없는 시이지만 형의 마음과 몸에 새겨진 시라고 짐작된다. 차라리 없어져서 지금까지 40년 동안 형이 시와 함께 살게 한 근본 동력으로 화(化)한 것이리라. 형의 시가 보여주는 '진화의 다양성'도 '잃어버린 시'를 기원에 두어 일어난 '문학-사태'라고 말할 수 있다. 40년 전의 그 시들이 사라지지 않고 보존되어 있었다면, 이후 형의 시들은 '있는 시'의 후속편에 불과했을 것이고, 시의 성격과 주장과 이미지 같은 것 또한 일정한 방향으로 고정되었을 것이다. 아마도 형의 생(生) 또한 많이 달라졌을 것이다.

삶과 노래는 시가 되어

『햇살을 내리지 마세요』에 실린 시들은 편편이 다른 모양, 다른 정서, 다른 질감, 다른 주장을 담고 있다. 오래 묵힌 시를 읽는 독법은 우선 찬찬히 읽고, 다른 시간에 다시 꼼꼼히 읽는 것 이상은 없다. 그렇게 몇 겹의 기억과 심상들을 하나씩 걷어가면, 시들이 말을 걸어온다. 쉽게 읽히진 않거나 쉽게 읽히거나 형의 시들은 사람 정세용의 면모를 잘 읽어주길 바라는 소망이 담겨 있다. 말로 다하지 못한, 형의 깊고 은밀한 이야기들이 '시'의 형식을 빌어 우리 앞에 놓여 있다.

> 만들어 낸다
>
> 출근해서 직장 생활을 만들고
> 퇴근 후 술자리를 만들고
> 바람 같은 이야기 끝에
> 한숨을 다스려 위안을 만든다
>
> 철커덩, 새벽 두 시 철대문 여는 소리를 만들고
> 아내 눈가에 그늘을 만들고
> 창가에 스며드는 별빛을 만든다
>
> 만들다 만들다가 마지막엔
> 노동과 슬픔으로 만든 관 속에 누워
> 나를 기억하는 눈물을 만들고
> 썩어서 지렁이와 들쥐의 행복을 만들 것인가
>
> 모래알보다 작은 그대 가슴에
> 까칠한 내 얼굴 섞어
> 누군가의 발자국 하나 새겨두고 싶은

　　결론부터 말하면, 위의 시 「소망」은 시인 정세용의 출사표다.

　　태어나 살아가다 관 속에 누울 때까지 사람은 무언가를 끊임없이 '만든다'. 그 지난하고 우연한 '만듦'의 과정에 소망 하나가 있다. 그 길에 '내 얼굴'을 섞고 '발자국 하나 새겨두고 싶'다는 소망이다. 내 기억에 이 시는 스무여 해 전, 창작교실 합평에 올랐던 듯하다. 형은 좋은 평가를 받지 못했다고도 말한 거 같다. 그런데, 나는 이 시에 좋은 느낌이 들고 끌린다. 취향에 따라 다르겠지만, 나는 이 시의 운율이 마음에 든다. 만들어 낸다, 만들고, 만들고, 만든다, 만들 것인가, 새겨두고 싶은. 3, 3, 4의 음보로 나가면서 조금씩 부분부분 변형시킨 정형시 같기도 하다. 의도적으로 그렇게 한 게 아니라 형에게 내재되어 있는 음률에 따른 시일 것이다. '시'에 관해서 당시 형이 갖고 있던 선이해가 그랬을 수도 있다. 이른바, '시는 노래'라는 전통적 시 이해 같은 것이다.

　　형은 음악을, 노래를 무척 좋아한다. 이 시에는 곱고 차분하고 쓸쓸한 노래가 들린다. 생의 관조와 더불어 은근한 소망 또한 배어난다. '철커덩', 철대문 여는 소리가 직접적인 청각 효과를 만들어서 구체적 실감도 살아난다. 직장인으로만 머무르고 있는 비애가 느껴지고, 이와는 다르게 잊을 수 없는 얼굴로 기억되고 발자취를 남기고 싶은 작은 희망이 읽힌다. '모래알보다 작은'이라는 말은 나를 잊기 쉽고 내 얼굴을 기억에 담기 어려운 보통사람들을 지칭할 것이다. 특정한 그대나 사랑하는 그대가 아니다. 역설적으로, 그런 일반인의 가슴에 '까칠한 내 얼굴'이 자리하게 하고 싶다는 건, '소망'이 아니라 '대망'이다. 제목 '소망'은, 그래서 반어적 표제다. 보통사람의 기억에도 날 '잊을 수 없는 얼굴'로 만들겠다는 커다란 희망을 피력한다. 요란하고 커다란 목소리로 여러 사람에게 '나'는 이러저러한 사람이 되겠다고 말하지 않고, 잊히지 않는 시인이 되겠다는 '거대한 희망'을 그대와 나 자신에게 차분하고 조용한 목소리로 들려주는 것이다.

현실의 깊은 상처를 더듬다

직선은
바빠야 먹고 사는 사람들에게 속도를 제공한다
가끔
팔방향 교차로에서 길을 잃게 하지만
평면과 직선이 화음하는 드림 비트에
까닥까닥 헤드뱅잉 끼워놓고
와인 한 잔 바르면
발바닥에 고인 물도 굳은살이 된다

직선들이 무수한 진동으로
투명하던 빛을 햇빛으로 물들인다
샤프란 향 아득히 버무린 사각침대에
두 개의 선이 합쳐지며 각의 평온에 흡수된다

사각의 태양이 하루 일을 마치고
발갛게 익어내려 지평선에 잘리면
아홉 개의 동전으로 남은 달이
짜그락거리며 제 몫을 한다

아홉 개의 달은
여든한 개로 제 몸을 조각내어
찌르고 찔린
상처에 상처를 덧댄
직선의 신음에 나비로 내려앉는다

달의 음영(陰影)은 자랑스럽지 않다
마름모 마당에서 평행선과 반원의 동거를 허락하고
태양이 윤곽의 잔치를 벌이는 동안
싸리문 속에서 싸리꽃이었다가,
빈 잔 속 남은 술이었다가,
운동을 멈추고 너부러진
직선과 곡선을 갈무리하는

푸르게 서린 기미, 노란 동화에

스며들듯 돋아나는 청록(青綠)

「직선 그리고 달」 전문)

앞의 시와 분위기가 매우 다르다. 「소망」을 쓴 사람이 아닌, 다른 사람이 쓴 시 같다. 얼핏 시는 직선, 속도, 팔방향 교차로, 샤프란 향, 사각침대, 와인, 동전, 빈 잔 속 남은 술 등의 어휘에 의해 자동차-퇴근길-음주, 나아가 과로-룸살롱-금융자본-성행위 등의 의미망을 갖는 듯하다. 「소망」의 무대가 이제 점점 찾아보기 어려워져 가는 도시의 어느 달동네 골목길 외등 아래라면, 이 시 「직선 그리고 달」의 무대는 깊은 밤 서울 강남의 어느 대로변 같다.

그렇게 시의 표면은 어떤 스토리를 지향하며 선명한 의미로 안착할 거라는 기대를 품게 하지만, 실은 의미(sense)의 고정과 연결을 방해하는 이미지들이 시의 저변을 지배하고 있다. 확언으로 발화(發話)되는 독립 문장들이 비현실적 또는 초현실적인 시각-이미지를 만들고 있다. 3연을 보면, "사각의 태양이 하루 일을 마치고/ 발갛게 익어내려 지평선에 잘리면/ 아홉 개의 동전으로 남은 달이/ 짜그락거리며 제 몫을 한다"는 문장이 초현실주의 화가 달리의 그림을 연상시킨다. 4연에서는, 9개의 달이 81개로 조각나 상처투성이 직선에 나비로 내려앉는다. 달빛이 내려앉아 젖은 아스팔트에 일렁이는 모습을 묘사한 것일까. 의미가 선뜻 잡히지 않는다. 직선 · 평면 · 원 · 사각 · 마름모 · 평행선 · 반원 · 곡선 등의 기하학 용어들이 추상-이미지를 구성한다. 칸딘스키나 말레비치의 추상 회화를 보는 듯하다.

꿈을 거역하는 현실, 현실을 넘어서는 꿈

「소망」에서는 시 내부의 이미지들이 의미-형성을 돕지만, 「직선 그리고 달」에서는 이미지들이 의미-형성을 방해한다. 이미지들이 의미로 진행하다가 중단되고, 다른 이미지와 겹친다. 초점이 이동되면서 의미-형성에 혼선이 일어난다. 연결선마저 끊어진 채 시각 · 청각 · 촉각-이미지들이 각기 어지럽게 난무하면서 층층이 쌓여 복잡한 정서 작용을 유발시킨다.

시적 화자의 위치도 서로 다르다. 「소망」의 화자는 '나'여서 자신의 내부에서 바깥을 응시하거나 외부에서 내부를 관조한다. 「직선 그리고 달」의 화자는 지상과 공중을 자유자재로 움직인다. 「소망」에 비해 조망의 넓이와 깊이가 훨씬 크다. 군중의 행동과 정서를 넘어 일월(日月)의 운행마저 관장하고 있다. 「소망」에서 시적 화자는 시인-되기를 가만히 꿈꾸었지만, 「직선 그리고 달」에서 시적 화자는 개별 이미지들을 결합, 분리, 응축, 확산시키는 조정자(controller)로서 복합적 현실의 단면을 날것으로 드러낸다. 조정자는 이미 시인이어서 현실의 부면(浮面)에 자유로이 내려앉고 다시 날아가는 나비-되기를 실행하고 있다.

　「소망」은 꿈이고, 「직선 그리고 달」은 현실이다. 꿈의 진행은 이야기할 수 있지만, 현실-운동은 바로 이야기될 수 없다. 얘기하려면 고정된 의미가 있어야 한다. 「직선 그리고 달」은 이야기가 아닌, 이미지-복합체다. '시는 이야기를 노래하는 것'이라는 입장에선 「직선 그리고 달」은 시가 될 수 없다. 고정된 의미가 존재하지 않기 때문이다. 그러나 시에 관한 우리의 관습적 이해를 넘어서고 고정관념을 깨뜨릴 때 「직선 그리고 달」은, 현대의 문화 현실과 자연물의 이질적 병치에서 발생하는 복합적 정서를 매우 훌륭하게 표현한 시로 인정할 수밖에 없다.

　「소망」이 진화(進化)하여 「직선 그리고 달」이 되었다. 시는 쓰는 이의 객관적 여건과 주체적 정황에 따라 충분히 달리 쓰일 수 있다. 어쩌면 글을 쓴다는 것은, 그리고 시를 쓴다는 것은 그때마다 다른 방향으로 나아가는 선택적 진화(evolution)이리라. 진화는 시의 삶을 위한 적응(adaptation) 과정이자 결과다. 그렇다면, 문제는 적응이다. 상황의 변화에 적응할 수 있는가. 여건과 정황의 변동에 따라 시의 주체는 다른 시를 쓸 수 있는가. 생각건대, 형에게 온기가 필요했을 때 「소망」을 썼을 것이며, 냉정한 묵시가 요구되었을 때 「직선 그리고 달」을 썼을 것이다. 가혹한 현실의 압박을 견디면서, 현실의 폭력에 휘말리지 않으려 애쓰면서 '시'를 잃지 않은 힘을 길렀을 것이다.

적응하며 진화하는 시편들

「햇살을 내리지 마세요」는 정세용 시인의 치열한 적응과정과 놀라운 진화의 면모가 멋지게 드러난 시집이다. 버스 운전사였던 아버지, 카뷰레터 통의 온기, 이제는 사라진 포장마차를 돌아보는 「종점」은 축축한 온기를 지닌 시다. "그 기사는 할아버지가 되고/ 자식은 아버지의 나이를 훌쩍 넘어섰다". 꿈같은 세월이다. 반면, 「빨간 장갑」은 몹시 건조하다. 생기마저 말라버려 덥고 춥고 따위는 느낄 여지도 없다. 아스팔트의 검불 더미 같은 생을 감정 없이 쫓아간다. "트럭이 밟고 가고/ 고양이가 딛고 가고/ 먼지가 머물다" 갈 뿐이다. 빨간 고무를 입힌 면장갑은 '노가다'들의 전유물이고, 상징이다. 쓸모없게 되면 똑같이 버려지는 냉정한 현실이다. 따뜻한 노동의 나날은 다시 돌아오지 않는 건가.

시 「세월」과 「선사」 역시 마찬가지 관계에 있다. "관솔가지와 섞여 땔감처럼 익어가는/ 세월이라는 부지깽이는 태양보다 조금 먼저/ 빛을 떠나보내는 것", "밤잎 솔잎 감잎 참잎 불쏘시개 하나로 어우러져/ 소록소록 정을 나누는"(「세월」) 게 세월의 맛이다. 따뜻하다. 하지만, 시 「선사」의 풍경은 대단히 그로테스크하다. 소름 돋는 공포영화나 지옥의 현시 같다. 새끼손가락, 허벅지살, 어깨 부러진 뼈, 부푼 살갗 등 시적 화자의 신체가 훼손되어 있다. "아침 해가 떠요/ 발가스름한 석양도 보여요/ 엄마 여기가 어디에요"(「선사」)라는 마지막 발화는, 시적 화자가 저승에 가지 못한 채 구천을 맴도는 혼령의 것임을 짐작하게 한다. 「선사」의 붉게 흐린 햇빛은, 「세월」의 맑은 불빛과 극명히 대조된다. 빛 그리고 죽음의 이중성을, 우리는 이 두 편의 시에서 발견할 수 있다.

시 「반성을 생각하다」의 마지막 두 행은 "너의 발밑에 끈적하게 묻어나는/ 비에 젖은 황토이고 싶다"이다. 「배관」이라는 시 끝부분도 비슷하다. "다시/ 세상으로 돌아올 수 있다면/ 너에게 촉촉한 이슬로/ 다가갈 수 있다면"이다. 이 두 편의 시는 앞서 비교된 시들에 비하면 대립이 없어 보인다. 그러나 「반성을 생각하다」가 자신의 오만함을 자각하고 부끄러워하는 주체의 낙관적 성찰이라면, 「배관」은 자신이 놓인 객관적 위치를 너무나 선명하게 알게 되어 일어나는 쓸쓸함, 비애감의 진술이다. '～이고 싶다'와 '～할 수 있다면'은 모두 같은 욕망으로 보이지만, 이 경우는 그 자리와 성격이 매우 다르다. 단조로운 욕망은 존재하지 않는다. 욕망은 다 다르다.

인간과 비인간의 날망을 걷다

시집에서 임의로 두 편을 골라 대비하면서 읽으면, 형의 시들이 지닌 매력을 더 잘 알 수 있다. 어떤 시 한 편의 수수께끼를 풀 열쇠가 시집 속 다른 시에 들어 있다. 그렇게 형은 같은 주제, 유사한 소재를 매우 다른 경향의 시로 탄생시키는 데 어려움이 없다. 자유자재다. 형은 적응에 성공한 것이다. 멋지게 '정세용 시인'으로 진화하였다.

그렇지만, 형에게는 오랜 근심이 있다. 왜 인간이 인간답지 않게 되었을까 하는 거다. 왜 인간끼리 서로 물어뜯고 빼앗고 빼앗겨야 하는 건가. 형과의 술자리에서 나눈 이야기 대부분이 그런 거였다. 형에게 인간은, 서로 마주 보고 이야기하며 사랑을 나누는 존재다. 그 이상도 이하도 아니다. 그래서 언제나 "결단해야 할 갈림길에서/ 우리는 인간이어야 한다"(「인간이어야 한다」)고 형은 주장한다. 형의 시집에는 많은 이들이 비인간과 인간의 경계에서 고투를 벌인다.

"생각하고 생각한 대로" 살다가 "깨끗하게" 간(「영철이」) 후배, "어둔 데서는 정안자(正眼者)보다/ 더 잘 볼 수 있다"며 "한 손에는 아내 속옷 한 벌/ 한 손에는 하얀 지팡이"를 짚고 "또박또박 어둠을 가르며"(「박희철」) 걸어가는 맹인 안마사, 아빠 따라 절벽을 기어오르다 다쳐 등에 상처를 새긴 다섯 살 아이(「필리핀」), 방송계의 비인간적 노동환경에 시달리다 스스로 목숨을 끊은 청년 PD(「가을」, 「이한빛 PD에게」)가 있다.

형은 사랑하는 이들을 괴롭히는, 인간을 비인간의 처지로 전락시키려는 사회를 강하게 비판한다. "갑이 주저앉힌 을은/ 갑을 부정하고 뿌리를 뽑아야"(「을」) 한다고 외치고, 미투(MeToo) 운동처럼 성차별구조를 타파하려는 움직임에 "사상과 생명과 여성을 기억하는 다툼이/ 이제서야 문을 연다"(「노출과 관음」)며 동조의 지지를 보낸다. "무엇인가를 해야 하는 피동의 시대"에 "실천해야 할 의무"가 "빚"으로 남아 있어서 사랑하는 이들을 지키려면 "결행할 수밖에 없다"고 형은 말한다. "내 뜨거운 불꽃이/ 너에게 한 점 자유를 줄 수 있다면"(「가을」) 그래야 한다고 말한다.

자유인의 연대를 향하여

> 역마살은 천정에서 아우성치는 배관을 닮았다
> 목적지를 향한 배관들이 ㄱ자로 ㄷ자로
> 때로는 콘크리트 속으로 휘돌아가면서 제 갈 길을 간다
>
> 배관 속에는 물이 흐르고
> 때로는 벌건 녹물이 흐르고 흐르지만
> 어느 가족의 주방에 화장실에 쏴 하고 함성을 지르는 물줄기
> 내 발길도 급수라인을 따라왔다
> 몇 라인의 급수배관과 어깨동무하면서
> 배달되기 위해 흘러왔다
>
> (「배관」 2, 3연)

여러 노동현장을 다니다 형은 배관공사 보조를 한 적이 있다. 우리 일상이 전개되는 지표면 아래에는 전기선과 가스관과 하수관과 급수관 등이 무수히 얽혀 있다. 이 에너지 흐름의 배관들이 지상의 삶을 가능하게 하는 '보이지 않는' 기본구조다. 형은 배관 설비작업에서 유사성을 발견한 거다. 바로 노동자의 노동이 사회를 구성하고 유지하는 기초 배관이라고 이해한 것이다. 노동일을 하는 형 자신도 하나의 급수라인 이라는 자각에서 형은 다시 꿈꾼다.

> 마지막까지 남은 내 물방울이
> 증기가 되어 하늘로 올라가
> 빗줄기로
> 눈물로
> 다시
> 세상에 돌아올 수 있다면
> 너에게 촉촉한 이슬로
> 다가갈 수 있다면
>
> (「배관」 4연)

배관라인이 물샐 틈 없이 꽉 짜인 사회구조라면, 배관 속을 흐르는 물방울들은 사회 속 개인일 터다. 그중 몇이 사회계(社會界)인 배관 밖을 꿈꾸는 것이다. 그 밖은 대기와 물과 흙과 불이 순환하는 자연계(自

然界)이거나, 권력과 자본의 통제에서 벗어난 '자유로운 개인'들의 비-권력 반-자본 연대구성체일 것이다. 아마도 이들은 "게으르고 현명한 사람"들일 것이다. 그들은 "일하지 않는다." "생산하지 않는다." "타인의 생산"을 "그의 생산"으로 삼는 악인들과 대척점에 서 있는 이들이다 (『생산』).

물의 역사와 사랑의 시간

사랑하는 이들이 더 이상 비인간적인 상황으로 떨어지지 않고, 죽은 노동의 사슬에서 벗어나는 것은 형의 오래된 꿈이자 눈앞의 현실이다. 한가지 주목할 건, 형 자신을 포함해서 '꿈꾸는 사람'이 시집 전반에 걸쳐 자주 '물방울', '이슬', '빗방울' 등으로 표현된다는 점이다. 형에게 '물'은 어떤 의미일까.

> 먼저 살다간 어른이 단단하게
> 다녀놓은 길에 내리는
> 이슬비에 젖어보는 것
> 그 길을 걸어 수많은 발자국을 따라가다
> 하나의 발자국에 뿌리박고
> 이슬비에 온몸이 젖어가는 것
>
> (「반성을 생각하다」 5연)

오래전부터 형은 물의 역사를 걸어오고 있었던 거 같다. 이슬비는 보존되고 이어가야 할 과거의 유산으로 이해된다. 이슬비에 흠뻑 젖는 건 나를 고집하지 않고 나를 내려놓는 것이다. '나'는 어디든 섞여 들어갈 수 있는 액체 상태가 된다. 어쩌면, '물'을 인간의 본질로 파악하는가. 물은 부드럽고 흐르며 온도에 적응하여 자신을 기체, 액체, 고체로 잘 변모시키고, 다른 개체에 잘 녹아 들어간다. 그렇게 우리 인간들도 서로 섞이고 보듬으며 함께 흘러가는 삶 그리고 종착역에서 서로 잘 가라고, 잘 살았다고 미소 지으며 인사 나누는. 그렇게 물과 같이 되길 바라는 것. 정세용 시인은 이 땅의 모든 경계를 넘어 서로 스며드는, 너·나 없는 사랑의 시간을 기다리고 있다.

형은 오래도록 시와 함께 살아갈 것이다. 형의 실존은 점차 시와

합체되어 가고 있다. 첫 시집 「햇살을 내리지 마세요」는 형의 삶이 시와 한 몸이 되어가는 과정이 분명하게 드러나 있다. 실종된 시집에 '있던' 시들을 온 마음을 다해, 형은 40년 동안 복기해 온 것이리라. 시와 한 몸 되어 도저히 시와 분리될 수 없는 생(生), 바로 시인의 삶이다. 형은 오래전부터 시인(詩人)이었다. 한 권의 책을 시단(詩壇)에 올리며, 이제 이렇게 말하자. 마침내 시인이여!